DIE VERSCHWÖRUNG DER FISCHHÄNDLER

ROSENKREUTZ

DICK HERRISON

DIE VERSCHWÖRUNG DER FISCHHÄNDLER

Text und Zeichnung: Didier Savard
Farben: Sylvie Escudié

ALLES GUTE!

1. Auflage 2000
Alle deutschen Rechte bei
Verlag Schreiber & Leser - Sendlinger Str. 56 - 80331 München

ISBN 3-933187-41-9

Titel der Originalausgabe: Une aventure de Dick Herisson - La conspiration des poissonniers

Aus dem Französischen von Resel Rebiersch
Printed in Slovenia through SAF World Services B.V.

1. KAPITEL

DAS TESTAMENT DES DR. NULPAR

BAHNHOF LYON, 1933

MARSEILLE
VIA:
DIJON
MACON
LYON
VALENCE
AVIGNON

HIER HER!

DR. NULPAR!
DER KLEINE RICHARD!

SO HAT MICH SCHON LANGE NIEMAND MEHR GENANNT!
RICHTIG, FÜR DIE ANDEREN BIST DU DICK HERRISON, DER BERÜHMTE DETEKTIV... ABER FÜR MICH BLEIBST DU DER KLEINE RICHARD, DEN ICH BEI DER WELTAUSSTELLUNG IN DEN PAVILLON DER ELEKTRIZITÄT FÜHRTE.

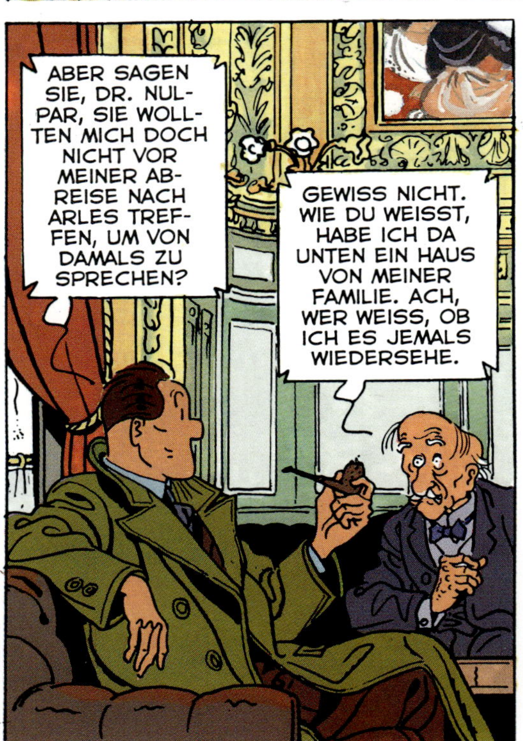
ABER SAGEN SIE, DR. NULPAR, SIE WOLLTEN MICH DOCH NICHT VOR MEINER ABREISE NACH ARLES TREFFEN, UM VON DAMALS ZU SPRECHEN?
GEWISS NICHT. WIE DU WEISST, HABE ICH DA UNTEN EIN HAUS VON MEINER FAMILIE. ACH, WER WEISS, OB ICH ES JEMALS WIEDERSEHE.

ABER, ABER, DOKTOR! SIE SIND MUNTER WIE EIN FISCH IM WASSER. SIE HABEN ZWEI KRIEGE ÜBERSTANDEN UND SELBST DIE PREUSSEN KONNTEN SIE NICHT...
TS-TS! UNTERBRICH MICH NICHT, MEINE TAGE SIND GEZÄHLT UND DEIN ZUG GEHT IN EINER DREIVIERTELSTUNDE. SCHLIESSLICH BIN ICH ARZT, ICH VERLEUGNE NICHT DIE TATSACHEN...

UND DESHALB WOLLTE ICH DICH SPRECHEN, BEVOR DU NACH ARLES FÄHRST... ICH HABE KEINEN ERBEN. NACH MEINEM TOD WIRD DAS HAUS VERKAUFT UND DER BESITZ IN ALLE WINDE ZERSTREUT... MIR IST ES GLEICH! DOCH DAS HAUS ENTHÄLT EIN SCHRECKLICHES GEHEIMNIS UND GOTT ALLEIN WEISS, IN WAS FÜR HÄNDE ES GERATEN KÖNNTE!..

EIN SCHRECKLICHES GEHEIMNIS?!..
EINE TRUHE, DIE MEIN VERBESSERLICHER VOR SEINEM TOD
BRUDER, EIN UNSEEFAHRER, MIR VERMACHTE...
Le Petit MARSEILLAIS
LA VISITE DU ROI DE SER
2

DIE EINZELHEITEN SOWIE DEN SCHLÜSSEL ZU MEINEM HAUS AM QUAI SAINT-PIERRE FINDEST DU IN DIESEM UMSCHLAG. WENN DU DAS GEHEIMNIS ERST KENNST, WIRST DU ENTSCHEIDEN, WAS DAMIT ZU TUN IST... ES SORGFÄLTIG BEWAHREN ODER ES VIELLEICHT FÜR IMMER ZU VERNICHTEN...

NANU?!.. UH!?!.. DIESER GERUCH... SPÜRST DU AUCH DIESEN GERUCH?
ICH?.. NEIN, NICHTS...

ODER DOCH... GANZ SCHWACH... ES RIECHT NACH FISCH, NICHT?
GENAU! NACH FISCH!.. NACH VERDORBENEM FISCH!!

SIE... SIE SIND HIER!!.. SIE SIND ES! AAARG...
DR. NULPAR!!?
DAS GEHEIMNIS... ES RUHT IM WASSER... RAAAH...
NICHTS MEHR ZU MACHEN.
WIDERLICH! HIER RIECHT ES JA NACH FISCH!!

AM NÄCHSTEN TAG IN ARLES

ER KANN NICHT OFT HIER GEWESEN SEIN, DER DR. NULPAR.

ALSO, WAS IST!? LEUCHTEST DU MIR?

ICH KOMME JA SCHON.

SO, UND JETZT?
WO FANGEN WIR AN?
"HEBE DIE DRITTE PLATTE, VOM FENSTER AUS GEZÄHLT..."

UND?
ICH ERKENNE STUFEN...

NOCH EIN KELLER... ABER ER IST VÖLLIG ÜBERSCHWEMMT!

KEIN WUNDER, DIE RHÔNE IST GANZ IN DER NÄHE.
IST ES DAS DA, WAS WIR SUCHEN?

UAAH!? ETWAS GLITSCHIGES HAT MEIN BEIN BERÜHRT!!..

LOS, RAUS. HIER IST ES UNGEMÜTLICH.

SPÄTER BEI JÉRÔME

NA?! HAST DU DEN SCHATZ BALD GEKNACKT?..
GRRR

GLEICH, ES GIBT SCHON NACH...
?!
KRRAAK
KAÏ
KAÏ

?
PUAH! GANZ VERSCHIMMELT!

DAS TAGEBUCH DES THEOTIMUS NULPAR, OFFIZIERSANWÄRTER AUF DER „ROSENKREUTZ". 1887...

DIE ERSTEN SEITEN SIND VÖLLIG VERMODERT... ABER WENN WIR DAS BUCH AN DEN KAMIN LEGEN, KÖNNEN WIR DIE FOLGENDEN SICHER PROBLEMLOS LESEN...
LASS SEHEN...
EIN TOLLER „SCHATZ"!

HE, DA UNTEN DRIN LIEGT NOCH ETWAS!
?

WAS IST DAS DENN FÜR EIN FIESES DING?!
DAS BILD EINER DÄMONISCHEN GOTTHEIT, IN HOLZ GESCHNITZT...

ICH FINDE, VON DEM DING GEHT ETWAS... KRANKES AUS...
DER MUSS DOCH KRANK IM KOPF GEWESEN SEIN, DER SO ETWAS ANGEFERTIGT HAT!
6

DA HABEN WIR'S! BEI JEDEM GEWITTER LIEGT DAS GANZE VIERTEL IM DUNKELN!

BRR! HOFFENTLICH KEIN UNGUTES VORZEICHEN...
HOL LIEBER KERZEN, ANSTATT DUMMES ZEUG ZU VERZAPFEN!

SPÄTER...
"11. MÄRZ 1887... KEINE BESONDEREN VORKOMMNISSE, SEIT WIR BASSORAH MIT UNSERER NEUEN LADUNG VERLASSEN HABEN... EIN ARCHÄOLOGISCHER FUND AUS EINER GRABUNG IN MESOPOTAMIEN... WIR HABEN DIE STRASSE VON ORMUZ PASSIERT..."

WARTE MAL. DAS WILL ICH IM ATLAS NACHSEHEN...

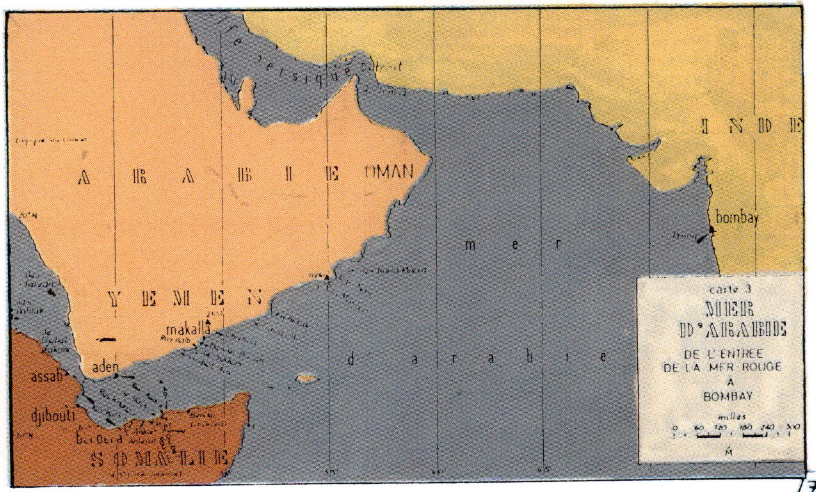
ARABIE
OMAN
INDE
bombay
mer
YEMEN
makalla
aden
assab
djibouti
SOMALIE
d'arabie
carte 3
MER D'ARABIE
DE L'ENTREE DE LA MER ROUGE À BOMBAY
milles

12. März 1887. Keine besonderen Vorkommnisse, seit wir Bassorah mit unserer neuen Ladung verlassen haben. Gegen 16 Uhr haben wir die Strasse von Ormuz passiert und sind jetzt im Indischen Ozean."

21. März. Nach einem Aufenthalt in Aden, wo wir 3/4 unserer Fracht löschten...

...sind wir im Roten Meer.

Wir sind frohgemut und freuen uns auf die Rückkehr in den Heimathafen.

27. März. In den frühen Morgenstunden enterten Piraten das Schiff. Mit ihren antiquierten Waffen trieben sie die Besatzung an Deck zusammen.

Ihr Anführer zwang uns, sie in den Laderaum zu führen, obwohl wir ihm zu erklären versuchten, dass wir alle unsere Waren in Aden entladen hatten.

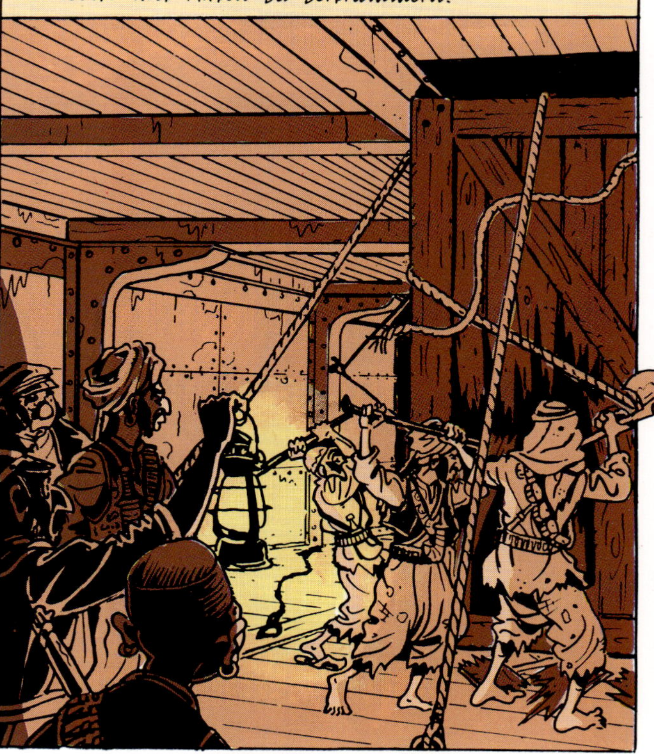
Im Rumpf war nur noch die riesige Kiste, die wir in Bassorah aufgenommen hatten. Dem Kapitän zufolge handelte es sich um ein archäologisches Fundstück aus Mesopotamien... Der Anführer bellte einige Befehle und diese Wilden begannen sofort, die Kiste mit Axten zu zertrümmern.

Ich erblickte zu ersten Mal ihren Inhalt: zunächst hielt ich es für einen riesigen Seeigel aus Metall. Doch dann geschah etwas Merkwürdiges: von einem gewaltigen Schrecken erfasst, stürzten die Piraten zurück an Deck. Sie gestikulierten und stießen Schreie aus wie verängstigte Frauen.

Sie verschwanden so schnell, wie sie aufgetaucht waren. Nur ein paar an Deck umherliegende Waffen zeugten von dem Vorfall.

2. April. Wir haben den Suezkanal durchschifft und sind im Mittelmeer.
9

4. April. Seit dem Überfall der Piraten herrscht an Bord eine gedrückte Stimmung. Die Matrosen murren und diskutieren heftig unter einander. Sie sehen mich neben dem Kapitän und dem Obermaat und misstrauen mir. Doch ich konnte einiges von ihren Gesprächen aufschnappen, die sich ständig um die Piraten und deren plötzliche Flucht drehen. Sie glauben nicht an das Wirken eines guten Sterns und stellen unsinnige, verstiegene Vermutungen an.

5. April. Mein Eindruck von abergläubischem Gemunkel unter den Matrosen hat sich bestätigt: heute früh brach ein heftiger Sturm los. Die grosse Kiste im Laderaum, deren Befestigung bereits die Piraten gelöst hatten, kam ins Rutschen und bedrohte das Gleichgewicht unseres Schiffes...

...Doch obwohl die Lage ernst war, konnte der Kapitän nur mit einem Machtwort Stevens, Bosco und Mattoli in den Laderaum beordern, um den Schaden zu beheben.

Nach einer Weile kehrte Bosco allein zurück, halb irre, und man brachte kein vernünftiges Wort aus ihm heraus.

Es fanden sich jedoch ein paar mutige Männer, die ihren Kameraden zu Hilfe eilten. Die gewaltige Kugel war aus der zersplitterten Kiste gerollt und schlug in dem schlingernden Schiff an die Wände...
10

Hinten im Laderaum lag Stevens wie eine zerbrochene Marionette und Mattoti umklammerte stöhnend sein Bein. Über ihnen an der Steuerbordwand breitete sich ein grosser Blutfleck aus. Dort hatte die schreckliche Kugel den unglücklichen Matrosen getroffen...

Die Verstauung wurde erneuert und man brachte die zwei Kameraden an Deck. Ich glaube, da erst bemerkte ich den widerlichen Geruch nach verdorbenem Fisch im Laderaum... Er schien von einer schwarzen, klebrigen Substanz auszugehen, die aus der Kugel sickerte.

6. April. Seit Stevens beigesetzt wurde, nehmen die abergläubischen...

...Hirngespinste unter der Besatzung zu. Mattotis irrwitzige Reden von der "verfluchten Ladung" unter Deck tragen das ihre dazu bei.

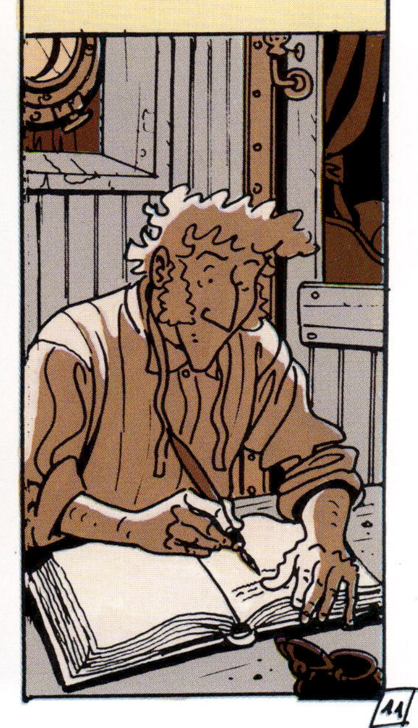
8. April. Mattotis gebrochenes Bein ist stark geschwollen und er phantasiert im Fieberwahn. Der Kapitän befahl, ihn zu isolieren... Das ist besser für alle. Könnte es sein, dass Mattoti etwas gesehen hat?.. Ich werde Bosco darüber befragen.
11

9. April. Die Lage hat sich ernstlich verschlimmert. Heute früh haben Bosco und Le Vigan, die beide an der zweiten Vertäuung mitwirkten, ihre Posten nicht eingenommen: sie klagen über Bauchschmerzen und ihre Arme und Beine sind mit schwarzen Pusteln bedeckt...

Mattoti, wenn er nicht von Fieberanfällen gequält wird, in denen er fantasiert, schnitzt mit seinem Messer verbissen an einem Stück Holz.

10. April. Der Zustand der kranken Matrosen hat sich verschlechtert. Daher war es mir nicht möglich, Bosco wie vorgesehen zu befragen.

11. April. Heute Morgen, bei völlig ruhiger See und ohne einen spürbaren Windhauch, stürzte der Matrose Sbortschz wie ein Stein vom Hauptmast.

Die um die Leiche versammelte Mannschaft begann zu murren. Kapitän Le Dantec musste alle Beredsamkeit aufbieten, um sie zu beruhigen.

+12. April. Sbortschz wurde zur See bestattet. Entgegen meinen Befürchtungen zerstreuten sich die Männer friedlich nach der Totenfeier, doch ihr Schweigen und die verschlossenen Mienen wirken um so bedrohlicher.

13. April. Der Moses Ignace Picon, mit dem ich freundschaftliche Beziehungen pflege, gestand mir, dass die Mannschaft immer offener die Saat der Meuterei ausstreut. Sie fordert vom Kapitän, dass er unsere "verfluchte Ladung" ins Meer wirft, da sie angeblich für alle Übel der letzten Tage verantwortlich ist. Picon teilt diesen Aberglauben nicht, wie er sagt. Er will sogar in den Laderaum hinabsteigen, um die rätselhafte Kugel zu untersuchen. Ich bot an, ihn zu begleiten.

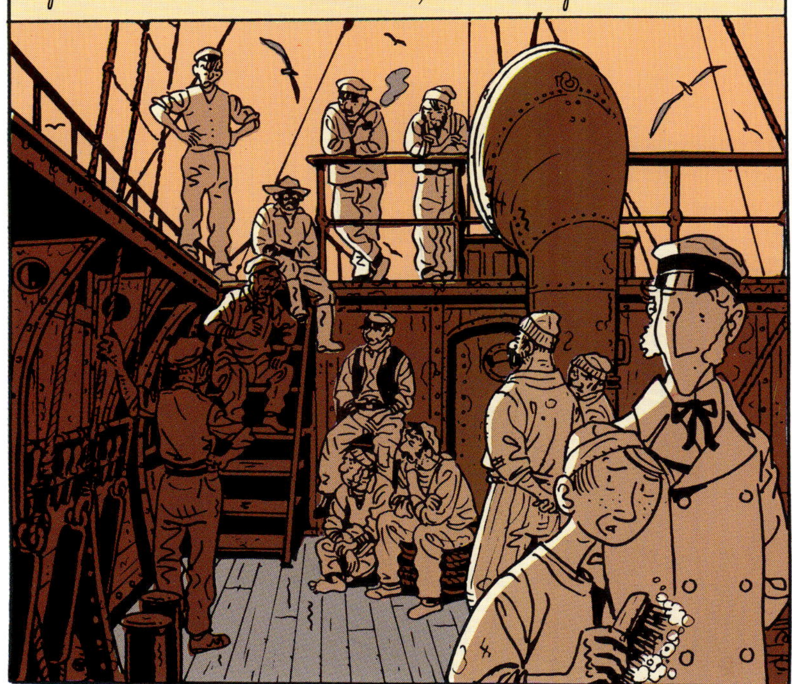

+14. April. Bosco und Le Vigan sind in der Nacht gestorben. Doch die Leichen sehen so abstos-send aus (die Haut von Händen und Armen ist ganz schwarz und schuppig), und ihr Geruch nach verdorbenem Fisch ist so unerträglich, dass der Kapitän beschloss, sie unverzüglich zu bestatten.

Die Spannung an Bord war auf dem Höhepunkt. Zum Glück lenkte der Zorn der Elemente die Männer ab, denn jeder musste an den Manövern teilnehmen.

Da ich den jungen Picon nirgends sah, machte ich mich auf die Suche.

Ich bemerkte eine offene Tür, die bei jeder Bewegung des Schiffes heftig schlug...

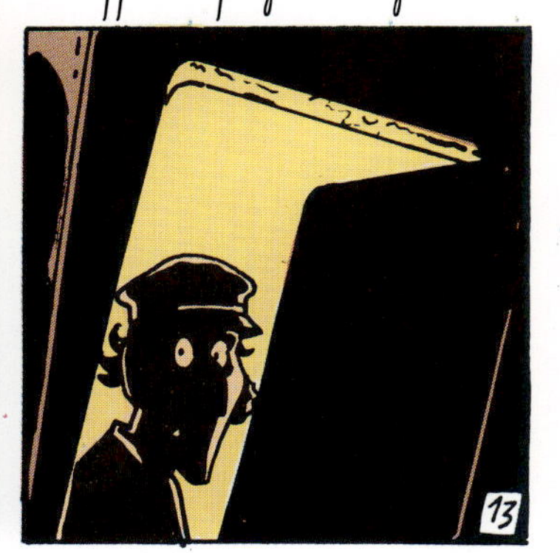

Mattoti lag in seiner Koje, tot, die Züge in stummem Entsetzen verzerrt. Dann erblickte ich einen Gegenstand, der am Boden rollte...

Ich erkannte die Holzfigur, die der Matrose mit soviel Sorgfalt und Eifer geschnitzt hatte. Sie sah aus wie... die hässliche Verpuppung eines Dämons.

Ich steckte die Figur automatisch in die Tasche und verliess die Kabine.

Der Moses war nicht in seiner Kabine... also stieg ich allein in den Laderaum.

Ich merkte, dass von der Kugel eine starke böse Kraft ausging. Dazu kam der widerliche Gestank von verdorbenem Fisch, der die Luft verpestete, so dass man kaum atmen konnte.

Und dann sah ich den jungen Picon... er lag da wie eine Opfergabe zu Füssen einer dämonischen Gottheit. Doch zu meiner Erleichterung stellte ich fest, dass er nur bewusstlos war... aber sein Haar war vollkommen weiss geworden!

14

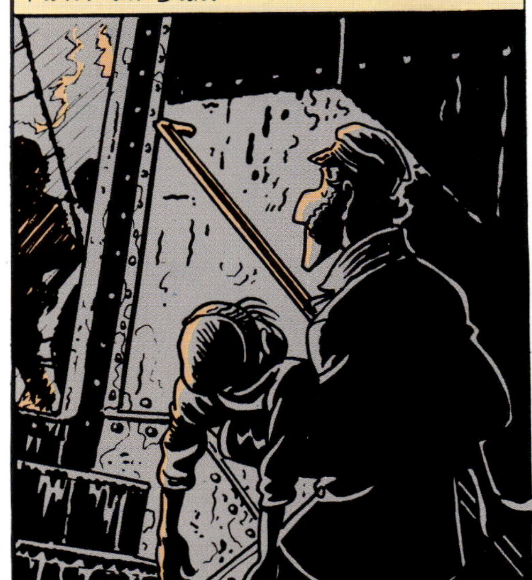
Vorsichtig trug ich den ohnmächtigen Moses an Deck.

Dort sah ich mich inmitten eines schrecklichen Dramas. Ein Drama, bei dem sich die Menschen ebenso irrsinnig gebärdeten wie die Elemente. Und dann ging alles sehr schnell...

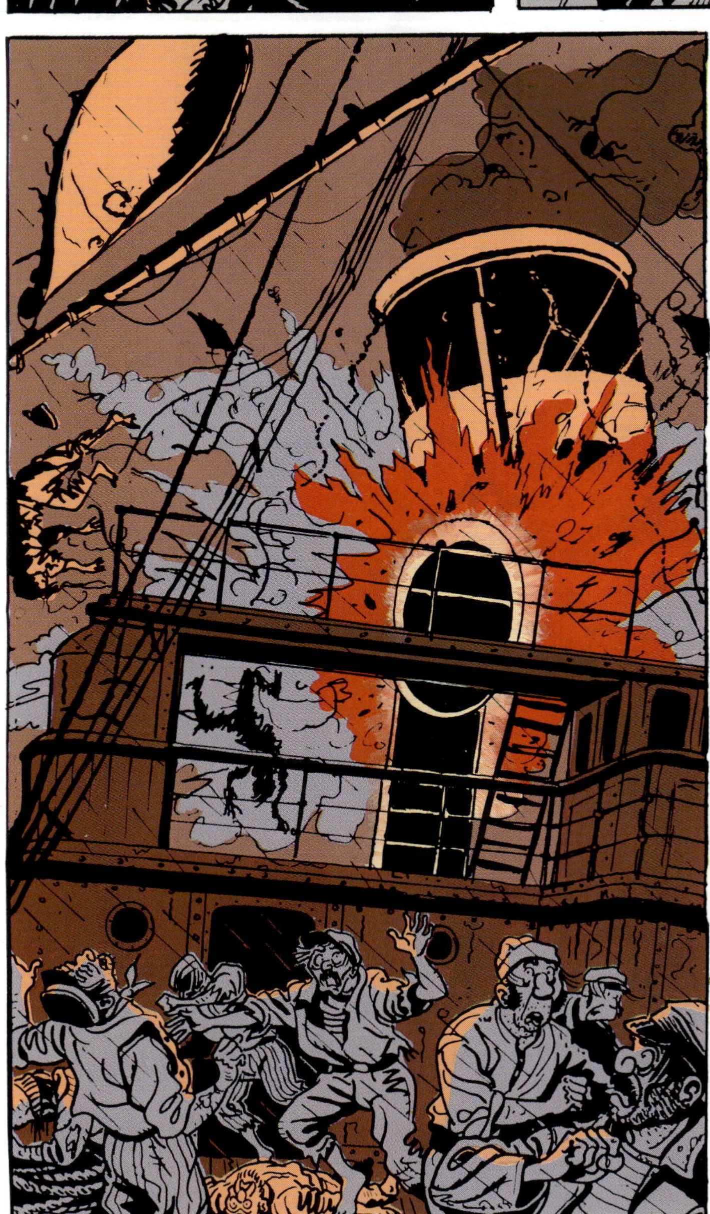

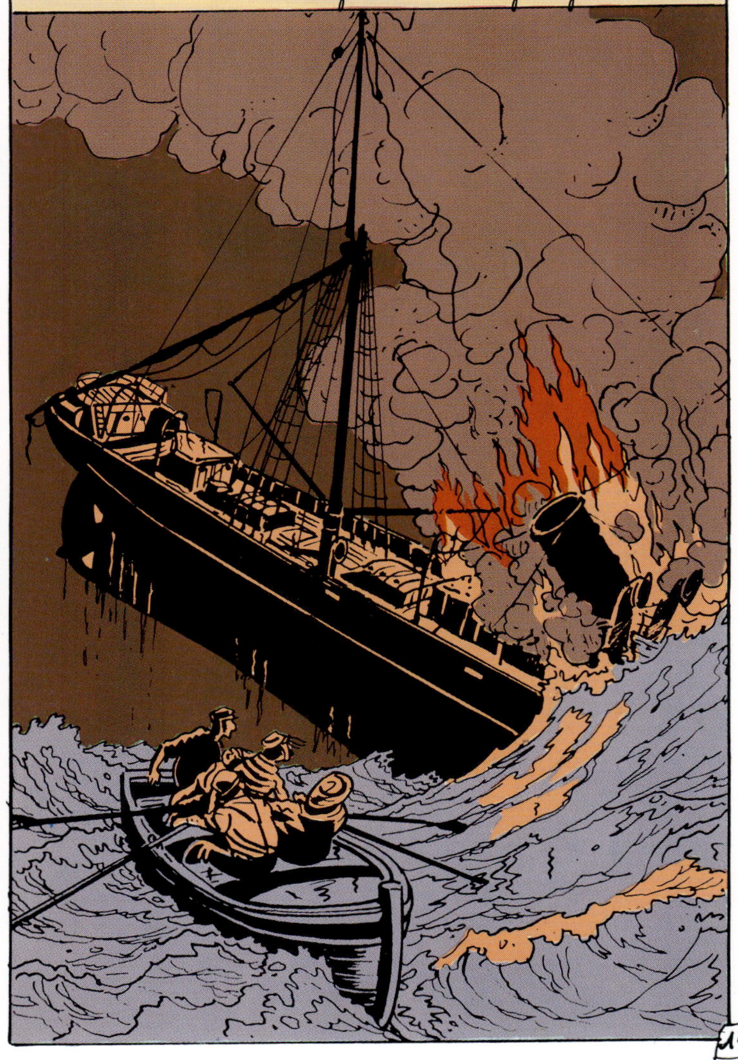
Werden wir jemals erfahren, was wirklich geschah?.. Offiziellen Verlautbarungen nach explodierten die Kessel der "Rosenkreutz" und führten den Untergang herbei. Es gab jedoch andere Vermutungen... doch die Berichte der Seeleute wurden von der Versicherung als unsinnig abgetan.
15

EINE TOLLE GESCHICHTE, WÜRDIG DER "ABENTEUER DES ARTHUR GORDON PYM"! ABER ÜBER DAS "ENTSETZLICHE GEHEIMNIS" WISSEN WIR JETZT AUCH NICHT MEHR...
...AUSSER, WIR FINDEN DAS WRACK DER "ROSENKREUTZ" UND DIE RÄTSELHAFTE KUGEL!

VORERST SOLLTEN WIR ZU BETT GEHEN...

CLIK
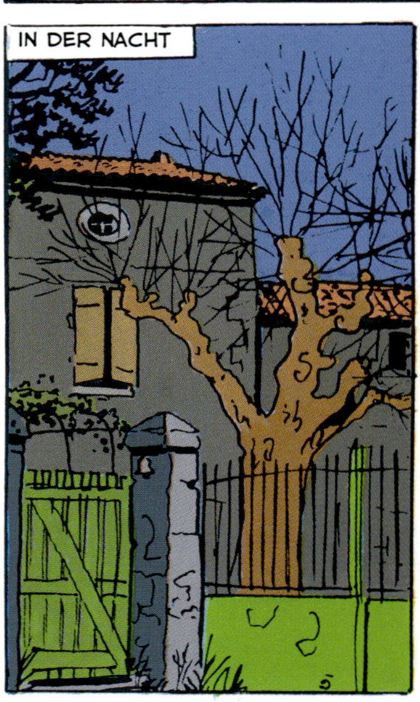
IN DER NACHT

WAF
WAF WIF

!?
WAF
GROAR
WIF
WARF

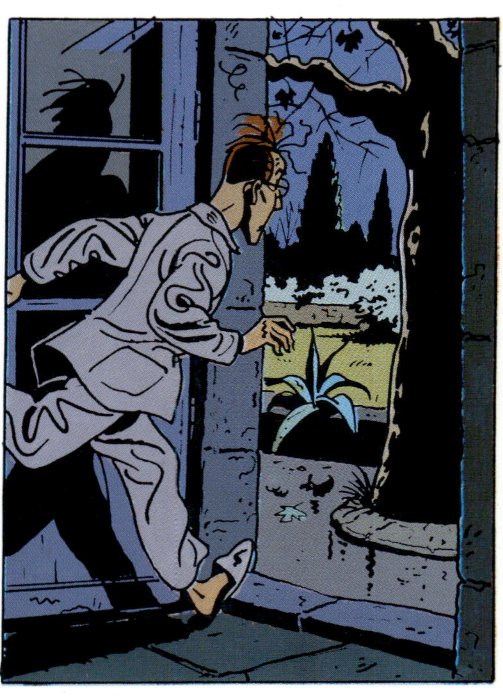

WIF
WAF

WAF WIF!
GRRR

PHILOMENA HAT EINEN DIEB VERJAGT!
GRÖOAR

WAS WILLST DU DAMIT?
ES LAG AM BODEN... UNSER BESUCHER MUSS ES AUF DER FLUCHT VERLOREN HABEN...

OB ER NOCH ETWAS GENOMMEN HAT?

DIE FIGUR IST VERSCHWUNDEN!!..
IST MIR NUR RECHT!
GRRRR
WAS HAST DU DENN, PHILOMENA?

MAN SOLLTE MEINEN, SIE HAT ETWAS GEROCHEN...
SNIF.. SNIF?..
ICH RIECHE AUCH ETWAS... EIN GERUCH WIE... WIE NACH...

...VERDORBENEM FISCH!!
SNIF
SNIF

TAGS DARAUF IN MARSEILLE

TAXI!

UND WAS IST IN DER RUE DES PHOCÉENS ?

DAS ARCHIV DER SEEFAHRTSBEHÖRDE. DA STEHT ALLES ÜBER BESITZVERHÄLTNISSE VON SCHIFFEN UND IHRE BESATZUNGEN...
SOWIE DIE GENAUE POSITION VON UNTERGEGANGENEN SCHIFFEN ZUM ZEITPUNKT DES UNGLÜCKS
DIRECTION DES AFFAIRES MARITIMES

DAS REGISTER DER MANNSCHAFTEN AUS DEM JAHR 1887?..

NANU?!.. DIE SEITE IST HERAUSGERISSEN!
?!
1891

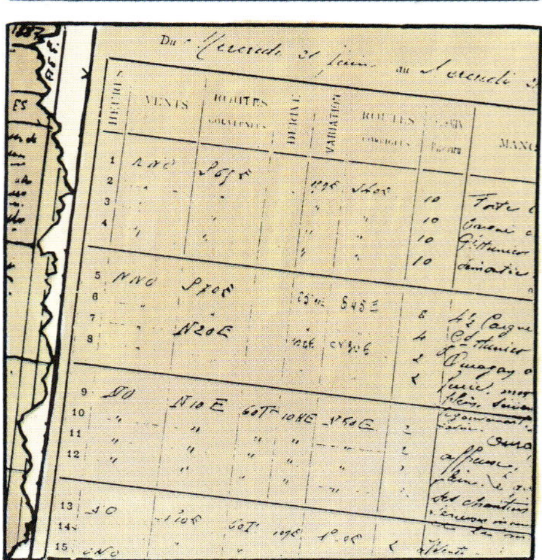

"WENN ES UM EINEN UNTERGANG GEHT, EMPFEHLE ICH IHNEN DIE EX VOTOS IN NOTRE DAME DE LA GARDE..."
18

DER ARCHITEKT HIESS ESPERANDIEU... EIN VERWANDTER VON DIR?
SEHR WITZIG...

DA IST DAS, WAS WIR SUCHEN!
STEAMER NANON-MARSEILLE

DER UNTERGANG DER "ROSENKREUTZ"!
A LA BONNE MÈRE * LES RESCAPÉS DU NAUFRAGE
LE 23 AVRIL 1887 * LAT. N° 38
ES IST SIGNIERT MIT "PICON"... DER MOSES?
O GOTT, DIESES ALBTRAUMGESCHÖPF IN DEN FLAMMEN!.. DAS ERINNERT MICH...
A LEUR BONNE MER

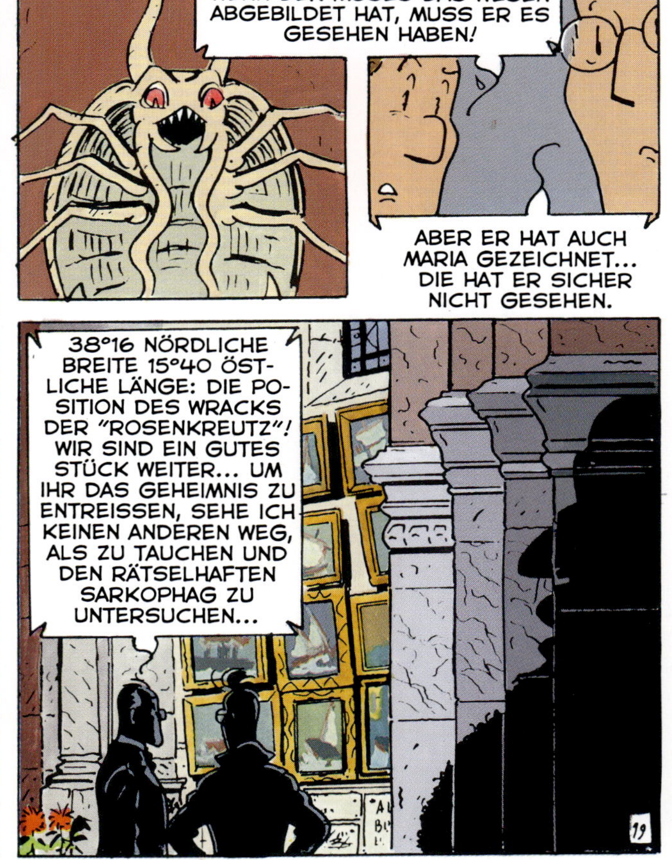
...AN DIE FIGUR!! ABER DANN... WENN DER MOSES DAS WESEN ABGEBILDET HAT, MUSS ER ES GESEHEN HABEN!
ABER ER HAT AUCH MARIA GEZEICHNET... DIE HAT ER SICHER NICHT GESEHEN.
38°16 NÖRDLICHE BREITE 15°40 ÖSTLICHE LÄNGE: DIE POSITION DES WRACKS DER "ROSENKREUTZ"! WIR SIND EIN GUTES STÜCK WEITER... UM IHR DAS GEHEIMNIS ZU ENTREISSEN, SEHE ICH KEINEN ANDEREN WEG, ALS ZU TAUCHEN UND DEN RÄTSELHAFTEN SARKOPHAG ZU UNTERSUCHEN...

VERZEIHEN SIE MEINE ABRUPTE EINMISCHUNG... DARF ICH MICH VORSTELLEN: PROF. GROTENDISCH, SPEZIALIST FÜR ALTE RELIGIONEN... ICH INTERESSIERE MICH EBENFALLS SEIT JAHREN FÜR DAS TRAGISCHE SCHICKSAL DER "ROSENKREUTZ" UND IHRE SELTSAME FRACHT...

DANN KOMMEN SIE BITTE MIT. IN MEINEM BÜRO IM MUSEUM HABEN WIR ES BEQUEMER. UNTERWEGS KÖNNEN SIE MIR ERZÄHLEN, WARUM SIE SICH FÜR DIE "ROSENKREUTZ" INTERESSIEREN...

SEIT 1862, ALS G. SMITH DIE BABYLONISCHE GILGAMESCHTAFEL ENTZIFFERTE, WISSEN WIR, DASS DER BIBLISCHE BERICHT VON DER SINTFLUT KEINE HEBRÄISCHE ERFINDUNG IST... UND MAN ERKANNTE BALD, DASS DER BABYLONISCHE MYTHOS AUS SUMER STAMMTE!

KURZ DARAUF

IN NIPPUR WURDEN TAFELN MIT DERSELBEN GESCHICHTE GEFUNDEN... ES WAREN ÜBRIGENS NUR DIE SCHRIFTLICHEN ZEUGNISSE VON URALTEN MÜNDLICHEN ÜBERLIEFERUNGEN. LEIDER WAREN DIE TAFELN VON NIPPUR UNVOLLSTÄN-DIG... DER ANFANG DES EPOS FEHLTE. WARUM HATTEN DIE ALTEN GÖTTER BESCHLOSSEN, DIE GESAMTE MENSCHHEIT ZU ERTRÄNKEN?

*DER BIBLISCHE NOAH

BITTE SEHR, HIER SIND DIE TAFELN!..
...SIE BERICHTEN VON EINEM VORSINTFLUTLICHEN VOLK, DAS DAMALS DIE ERDE BEHERRSCHTE UND VOR DEM DIE URMENSCHEN ZITTERTEN... ES WAREN SCHRECKLICHE WESEN, DIE IN URZEITEN AUS DEM "URMEER" GEKOMMEN WAREN, HALB MENSCH, HALB FISCH, UND SIE BETETEN GRAUSAME GÖTTER AN. DER ENTSETZLICHSTE DIESER ALTEN GÖTTER WAR SHUB-UR-KUR, WAS MAN ÜBERSETZEN KÖNNTE MIT "DER UNTER DEN MEEREN SCHLÄFT". ES WIRD AUCH ERZÄHLT, DASS DIE ERSTEN SUMERISCHEN HERRSCHER EINEN BUND MIT DIESEN GÖTTERN GESCHLOSSEN HÄTTEN. IM AUSTAUSCH GEGEN MENSCHENOPFER ERHIELTEN SIE EIN UNGLAUBLICH LANGES LEBEN: IN 241.200 JAHREN GAB ES NUR ACHT KÖNIGE!..
21

DIE ALTEN SUMERER LEBTEN MEHRERE JAHRHUNDERTE, BIS SIE SICH EINES TAGES VOM JOCH DER ALTEN GÖTTER BEFREIEN WOLLTEN UND DEN BLUTZOLL VERWEIGERTEN... SHUB-UR-KURS ZORN WAR UNBESCHREIBLICH: ER SCHICKTE DIE SINTFLUT, VON DER DIE BIBEL SPÄTER BERICHTET. DIE FLUT SOLLTE DIE GANZE MENSCHLICHE RASSE VERNICHTEN SOWIE ALLE TIERARTEN... MIT AUSNAHME - MERKEN SIE AUF! - DER FISCHE. NUR ZIUSUDRAS FAMILIE ÜBERLEBTE DANK EINER LIST, DIE WIR AUS DER LEGENDE VON NOAH KENNEN... UND AUS DIESEM KERN KONNTE DIE SUMERISCHE KULTUR NEU ENTSTEHEN...

DOCH JETZT WAREN DIE NEUEN SUMERER DIE ÜBERLEGENEN: MIT HILFE EINER UNS UNBEKANNTEN LIST - GEWISSE TEILE DER TAFELN SIND FÜR IMMER VERSCHOLLEN - GELANG ES IHNEN, SHUB-UR-KUR IN EINE GEWALTIGE KUPFERKUGEL EINZUSPERREN, DIE SIE IN EINE HÖHLE UNTER WASSER BRACHTEN. DANN VERSIEGELTEN SIE DEN EINGANG MIT FELSEN. DIE ÄRA DER PRIMITIVEN GÖTTER WAR BEENDET. DIE DER MENSCHEN BEGANN.
21

MAN HÖRTE NIE WIEDER VON DEN URGÖTTERN UND AUCH NICHT VON SHUB-UR-KUR... BIS FISCHER IM PERSISCHEN GOLF DEN SARKOPHAG AUS KUPFER ENTDECKTEN. SIE VERKAUFTEN IHN AN EINEN ARCHÄOLOGEN, DER GERADE IN DER GEGEND FORSCHTE... UND SO WURDE EINES SCHÖNEN TAGES IM JAHR 1887 EINE GEHEIMNISVOLLE KISTE AN BORD DER "ROSENKREUTZ" GEHIEVT...

DOCH DER ARCHÄOLOGE SAH SEIN FUNDSTÜCK NIE WIEDER, DAS ER NACH MARSEILLE GESCHICKT HATTE, UM ES ZU UNTERSUCHEN.
ZUM GLÜCK HATTE NIEMAND VERSUCHT, DEN SARKOPHAG ZU ÖFFNEN!

DER ARCHÄOLOGE HIESS GROTENDISCH - MEIN VATER.

UND NUN WISSEN SIE GENAUSO VIEL ICH. IMMERHIN WEISS ICH JETZT, WO DAS WRACK DER "ROSENKREUTZ" LIEGT. DOCH OBWOHL ICH ENDLICH MEINEM ZIEL NAHE BIN, FRAGE ICH MICH, OB ES NICHT VERNÜNFTIGER WÄRE, DIESES... DING AUF DEM MEERESGRUND RUHEN ZU LASSEN!..
PH, SCHLIESSLICH HANDELT ES SICH NUR UM EINE LEGENDE - ERSCHRECKEND ZWAR, ABER EIN MYTHOS!..
GEWISS, ABER MENSCHLICHER IRRSINN HAT OFT MYTHEN ZU BLUTIGER REALITÄT GEMACHT. DIE MENSCHENOPFER AUF DEN SCHEITERHAUFEN DER INQUISITION... WER WEISS, WAS FANATIKER SICH NOCH FÜR SCHRECKEN AUSDENKEN MÖGEN!..
Unaussprechlichen Kulten

UND GLAUBEN SIE MIR, SOLLTE SHUB-UR-KUR WIEDER AUFERSTEHEN, WÄRE DER SCHRECKEN, DEN ER VERBREITEN WÜRDE, SCHLIMMER ALS EIN WELTKRIEG!..

DENNOCH, DIESE ARCHÄOLOGISCHE ENTDECKUNG WÄRE EIN GROSSER SCHRITT FÜR DIE MENSCHHEIT... UND DESHALB HABE ICH BESCHLOSSEN, EINE EXPEDITION AUSZURÜSTEN, UM DAS WRACK DER "ROSENKREUTZ" UND DEN SARKOPHAG ZU SUCHEN. WENN SIE TEILNEHMEN MÖCHTEN, SIND SIE MIR HERZLICH WILLKOMMEN!
HM...

23

EIN MONAT SPÄTER
SCHNELLER, FAHRER! DAS SCHIFF LEGT GLEICH AB!
PICON

LOS!

AH! WIR HABEN NUR NOCH AUF SIE GEWARTET. ANKER LICHTEN!..

DIES IST MEINE ASSISTENTIN ALICE BERG, SPEZIALISTIN FÜR OZEANOGRAPHIE.
ICH FREUE MICH, SIE KENNEN ZU LERNEN. ICH HABE ALLE IHRE ABENTEUER MIT INTERESSE VERFOLGT...

...DAS MIT MARQUIS DE SADE HAT MICH BESONDERS... BEÄNGSTIGT!
WENN SIE MIR IN MEINE KABINE FOLGEN WOLLEN ...
...WIR WOLLEN DOCH DEN BEGINN DER EXPEDITION GEBÜHREND BEGIESSEN!

24

EINE WOCHE DARAUF

WENN ALICES BERECHNUNGEN STIMMEN, LIEGT DAS WRACK DER "ROSENKREUTZ" HIER!

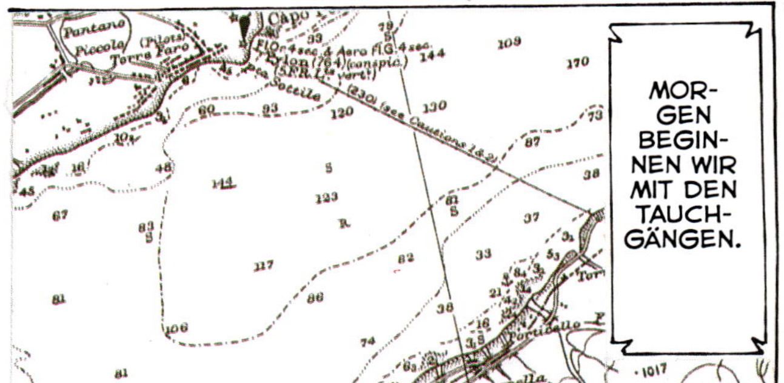
MORGEN BEGINNEN WIR MIT DEN TAUCHGÄNGEN.

NICHTS?! UNBEGREIFLICH!
WAS IST, ALICE, SIE WAREN SICH DOCH SO SICHER!?

VIELLEICHT EIN STÜCK ÖSTLICHER ...

DU HAST ALLES VERSTANDEN? WENN WIR DICH HOCHHOLEN SOLLEN, ZIEHST DU ZWEIMAL AM SEIL... UND BEI GEFAHR ZIEHST DU ANDAUERND.
SCHON GUT. ICH KENNE MEINE ABENTEUER-KLASSIKER!

25

26

ICH MUSS VOR DIESER BESTIE SCHUTZ SUCHEN!!

?

NA-NU?! DAS UNGE-HEUER HAT ANGST BEKOM-MEN!?

DAS WRACK DER "ROSENKREUTZ"! ICH HABE ES GEFUNDEN! UND DIE... DIE METALLKUGEL!

EIN SEEUNGEHEUER HAT MICH ANGEGRIFFEN, EINE ART RIESENROCHEN!.. ICH HABE MICH HINTER DIE KUGEL GERETTET... UND DA - ES IST UNGLAUBLICH! - IST DAS MONSTER GEFLÜCHTET, ANSTATT MICH ZU VERFOLGEN!!..
DAS MUSS SHUB-UR-KURS SARKOPHAG SEIN!!..
27

TAGS DARAUF

SELTSAM... IN ALL DER ZEIT UNTER WASSER HAT SICH KEINE MUSCHEL DARAN FESTGE-SETZT!

NANU, MONSIEUR HERRI-SON? MACHT UNSER ERFOLG SIE MÜRRISCH?

IST ES EIN ERFOLG, WENN ICH VIELLEICHT DAS GEHEIMNIS EINES FREUNDES VERRATE, DAS ER MIR VOR SEINEM TOD ANVER-TRAUTE?..

MARSEILLE, WENIGE TAGE SPÄTER

AM ABEND
LIEBE FREUNDE, ICH ERHEBE MEIN GLAS...

...JA, ICH BEGLÜCKWÜNSCHE UNS ZU DEM ERFOLG, ZU DER GROSSARTIGSTEN ARCHÄOLOGISCHEN ENTDECKUNG ALLER ZEITEN!..

...KOMMEN SIE MORGEN ZUM HAFEN, WENN DER SARKOPHAG AUSGELADEN WIRD.

SCHLAFEN SIE GUT! MORGEN IST EIN GROSSER TAG!

MITTERNACHT. LAGERHALLEN VON LA JOLIETTE.
MAUPY

WAR EINST EIN EIN KLEINES SEGELSCHI-HIFFCHEN, WAR EIN EIN KLEINES...

...SEGELSCHIHIFFCHEN, DAS FUHR ZUM ERSTENMAL ZUR SEE, ZUR SEE, DAS FUHR ZUM ERSTENMAL...
KRRRRR
?
E 12

ALLMÄCHTIGER! W-WAS IST DAS..?!

AAAAAAA

KRRRR
KRRR
29

UND IN DER FRÜHE...

HUST! HUST!

ABGERIE-GELT?

HUST! FENSTER AUF...

FEUER !!!

WACH DOCH AUF !!!
HMM... GLMH? W-WAS IST... WIE SPÄT IST ES?..

WAS HAST DU? WO BRENNT'S DENN?
NA, HIER !!

WAS IN DREI TEUFELS NA-MEN... DIE IST AUCH ABGESCHLOSSEN!! WIR SITZEN IN DER FALLE!..
30

SCHNELL! AUF DEN BAUM!

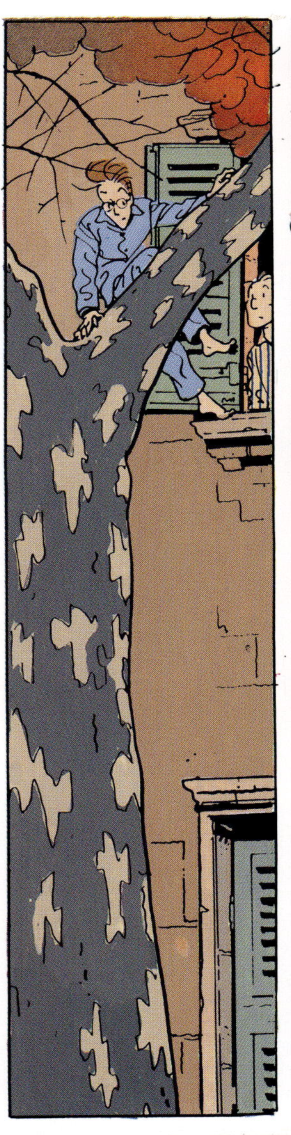

GROSSER GOTT... GROTENDISCH!/!..

KRAAAAK
ZU SPÄT!

PIN PON
31

ZWEI STUNDEN SPÄTER

?!

DIES FANDEN WIR BEI DER VÖLLIG VERKOHLTEN LEICHE... DADURCH KONNTEN WIR DAS OPFER IDENTIFIZIEREN.

GROTENDISCHS SIEGELRING!?

HIMMEL, ALICE! WIR MÜSSEN IHR DIE SCHRECKLICHE NEUIGKEIT MITTEILEN!

NICHT, ALICE! WIR KÖNNEN NICHTS MEHR TUN...
PROFESSOR !?!

EIN PLÖTZLICHER BRAND? MEIN GOTT, SOLLTE SHUB-UR-KUR AUFERSTANDEN SEIN?
32

FASSEN SIE SICH, ALICE. ICH BIN SICHER, DER PROFESSOR HÄTTE GEWÜNSCHT, DASS SIE SEIN WERK FORTSETZEN!
SIE HABEN RECHT... DER SARKOPHAG MUSS INS MUSEUM GEBRACHT WERDEN.

SO KÖNNEN WIR NICHT HERUMLAUFEN. FAHREN WIR ERST MAL ZU MEINER TANTE HONORINE.

RIE
ICH HOLE SIE GEGEN MITTAG AB.

SIEH AN, DAS IST JA DER LIEBE JÉRÔME!

WAS HAST DU DENN DA AN? IST DAS JETZT MODE?

UND DANN
IHR KÖNNT IN DAS ZIMMER MEINES JUNGEN GEHEN. ER FÄHRT ZUR SEE.
PH, IHR FISCH SPRICHT MICH NICHT AN.
WAS SOLL DER DENN SAGEN? GUTEN TAG?
POISSONNERIE

DER ANZUG STEHT DIR ABER GUT, JÉRÔME! IHR SEID SO ELEGANT, DASS IHR HEUTE ABEND DIREKT INS "ALCAZAR" GEHEN KÖNNTET... ONKEL SPIELT DA DEN ZÖLLNER.

KOMMEN SIE SCHNELL!! DER SARKOPHAG IST VERSCHWUNDEN!
33

EIN NACHTWÄCHTER VON LA JOLIETTE WURDE IN DER LAGERHALLE ERMORDET, WO SICH DER SARKOPHAG BEFAND...

DIE POLIZEI IST SCHON AM TATORT...

ERZÄHLEN SIE MIR NICHT, SIE HÄTTEN EINEN VERNÜNFTIGEN GRUND, HIER ZU SEIN!..
JA!!
WIEDER DER?!
WIEDER DER?!

ZWANZIG DIENST-JAHRE IN MARSEILLE... ABER SO ETWAS HABE ICH NIE ER-LEBT!

MEIN GOTT!? WER HAT IHN SO ZUGERICHTET?!?

...UND WENN DIE SCHRECKLICHE LEGENDE WAHR WÄRE?.. EINE KATAS-TROPHE FOLGT AUF DIE ANDERE, GE-NAU WIE AUF DER "ROSENKREUTZ"!

2. KAPITEL

DER UNTER DEN MEEREN SCHLÄFT

AM ABEND
MARCEL ROUPI
Une Opérette de RINVAL
LES TRUANDS DU FORT St JEAN
ALCAZAR
SOIRÉES à 20h30

DU WIRST SEHEN, DEIN ONKEL ALS ZÖLLNER IST DER CLOU DER GANZEN OPERETTE!..
ALCAZAR

IN PANAMA, JA, MADAME, DA GIBT ES GAUNER, DIE DAS BLUT IN STRÖMEN FLIESSEN LASSEN...
...UNSERE GAUNER AUF DER CANEBIÈRE SIND BRAVE LEUT, SIE MORDEN BEI PASTIS...

ICH SAG DIR, TONI, SOLANGE ICH DA BIN, GIBT ES KEIN RAUSCHGIFT AUF UNSERER CANEBIÈRE! ICH MAG EIN BANDIT SEIN, ABER EINER MIT EHRGEFÜHL!
LASS DIR DAS AUGE VON EINER WESPE AUSLUTSCHEN, TIM! DU GEHST UNS AUF DIE NERVEN MIT DEINER PRAHLEREI. DU WIRST UNS NICHT AN UNSEREN GESCHÄFTEN IM ALTEN HAFEN HINDERN!
CAFÉ DU VIEUX-PORT

ENGEL GABRIEL!!!

ENGEL GABRIEL BELLAPARTE! DAS IST DIE IDEE! ER IST EIN ALTER SCHULKAMERAD, DER DIE GANGSTERSZENE IN MARSEILLE BEHERRSCHT... WIE DER TIM IN DER OPERETTE WILL ER DIE UNTERWELT VON MORD UND DROGENHANDEL FREI HALTEN... DER TOD DES WÄCHTERS HAT IHM SICHER NICHT GEFALLEN UND ER WEISS VIELLEICHT, WER ES GETAN HAT! ER ALLEIN KANN UNS HELFEN, DEN SARKOPHAG ZU FINDEN!
35

NA?! WILLST DU WOHL END-LICH AUF-MACHEN?!?
SEIT ZWEI TAGEN GE-SCHLOSSEN, DER FAUL-PELZ!!
EGOIST!
POISSONNERIE

AH, DU BIST SCHON AUFGE-STANDEN. ICH HAB'S...

MIR IST ES GELUNGEN, ENGEL GABRIEL BELLAPARTE AUFZUTREIBEN! WIR FINDEN IHN IN EINER BAR IM "PANIER"-VIERTEL.

BOULANGERIE

BAR DU MIDI
PICON
ANIS ZOU
"MIDI" HEISST HIER "MILIEU".

36

RICON
CONCOURS DE PETANQUE
PASTIS
AH!.. MOI JE BOIS UN RICARD
RICARD
GUTEN TAG, DAMEN UND HERREN!

UH... SAGEN SIE, MEIN BESTER...
...IST ENGEL GABRIEL DA?

CONCOURS DE PETANQUE
PASTIS
HE, LEUTE! HAT EINER VON EUCH HIER ETWA EINEN ENGEL GESEHEN?

ABER ENGEL HABEN DOCH KEIN GESCHLECHT!.. DU BIST HOFFENTLICH KEIN ENGEL, SCHÖNER MANN?

HE, KLEINER, KOMM HER! ENGEL ERWARTET DICH!
AH!.. MOI JE BOIS UN RICARD

ICH SAGETE "KLEINER"... IN DER EINZAHL!
37

IST DER BOSS DA?
ER ARBEITET.

HM..?
KOMM RUHIG, KLEINER!..

TAK
TOK
POK

VERDAMMT!? JÉRÔME!.. DAS IST ABER EINE NETTE ÜBERRASCHUNG!
ENGEL GABRIEL!

UND? WELCHER MISTRAL HAT DICH HERGEWEHT? WENN DU ETWAS BRAUCHST, DANN SOLLST DU WISSEN, DASS ICH EINEM ALTEN GRUNDSCHULKAMERADEN, DER MICH AUF DEM PAUSENHOF IMMER GEGEN DIE GROSSEN VERTEIDIGT HAT, NICHTS ABSCHLAGEN KANN!

SPÄTER
...NUN KENNST DU DIE GESCHICHTE.
SO WAS! DER FALL VON LA JOLIETTE! UND OB ICH DARÜBER BESCHEID WEISS!

FÜR NICHTS UND WIEDER NICHTS EINEN WÄCHTER UMBRINGEN! DAS SIND GANGSTERMETHODEN! ICH WEISS, WER ES GETAN HAT, ABER LEIDER KOMME ICH NICHT GEGEN DIE AN: DIE BRÜDER PARIGAUX!..

...AUCH GENANNT "KALBSKOPF" UND "HUNDESCHNAUZE" NACH EINEM BEKANNTEN SPOTTLIED... SIE HANDELN MIT ANTIQUITÄTEN, ABER AUCH MIT DROGEN... ES SIND MESTIZEN, IHR VATER WAR FRANZÖSISCHER KONSUL IN TONKING UND HEIRATETE EINE ANNAMITIN. DIE BEIDEN FÜHREN EINE BANDE VON CHINESEN AN, DIE SICH NICHT AN DIE GESETZE DES MILIEUS VON MARSEILLE HALTEN. IHR LADEN LIEGT IN DER RUE ALIBOFIS...

...ABER BITTE, ICH WILL NICHTS GESAGT HABEN!
UND ICH HABE NICHTS GEHÖRT.
39

ALSO, ICH HABE MEINE AUSKÜNFTE... ÄH, KÖNNEN WIR DANN GEHEN?..
SCHON ?
PICON

LE LEVIATHAN
ANTIQUITES
OBJETS ANCIENS, D'ART ET DE MARINE
DA IST ES.
POISSONN

OH!

DIE... DIE FIGUR!

DING DILING

HEDA! IST HIER JEMAND ?

DIE HERREN WÜNSCHEN?..

CROUIINK
CROUIINK

WAS KOSTET DIE FIGUR IM FENSTER?
DIE F-FIGUR?!.. ÄH, D-DIE IST NICHT ZU VERKAUFEN!.. UND AUSSERDEM SCHLIESSE ICH JETZT...

HALLO?.. GIB MIR DU WEISST SCHON WEN...
40

AM ABEND...
CHEZ BOUZIGUE
DE MER --- RESTAUR
WAS, HEUTE KEINE BOUILLABAISSE?
ICI VRAIE

NEIN, MONSIEUR. ES GIBT KEINE BOUILLABAISSE, WEIL ES KEINEN FISCH MEHR GIBT! KEINE RASCASSE, KEINEN BARSCH, NICHT MAL EINE SCHLICHTE GALLINETTE IN GANZ MARSEILLE! DAS IST WEGEN DEM STREIK DER FISCHHÄNDLER. ABER ICH KANN IHNEN STEAK MIT POMMES FRITES MACHEN...
Menu
KEIN FISCH IN MARSEILLE? UNFASSBAR!
HOTEL

ICH GLAUBE, WIR WERDEN VERFOLGT!

Cie MARITIME (2) MARSEILLAISE
?!

CLIK
HIER HER!!

WIR SITZEN IN DER FALLE!!

VOILERIE-CORDAGES
CABLES
MANILLE
CHANVRE
BITORD

41

* AUF DIE CHINESEN! TOD DEN ZITRONENNASEN

IST HIER
JEMAND?

DA... EINE
VERBOR-
GENE
TREPPE!

HIER IST AUCH
NIEMAND?..

DER ANTIQUI-
TÄTENHÄNDLER!?
43

ZWEI TAGE SPÄTER
WISST IHR SCHON DAS NEUSTE? KEIN FISCHHÄNDLER IN MARSEILLE HAT GEÖFFNET! ICH FASSE ES NICHT, DAS IST DER WELTUNTERGANG!
HAST DU SCHON GEHÖRT?
LE PETIT MARSEILLAIS
LA FIN TRAGIQUE D'UN ANTIQUAIRE
NOYADE OU SUICIDE?

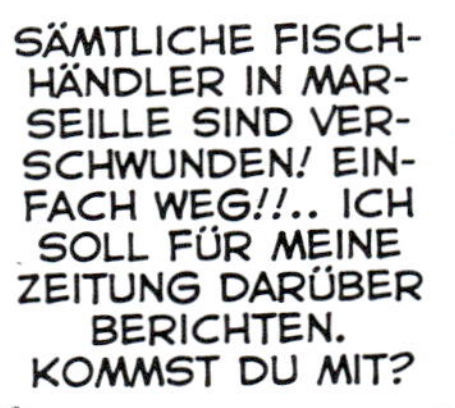
SÄMTLICHE FISCHHÄNDLER IN MARSEILLE SIND VERSCHWUNDEN! EINFACH WEG!!.. ICH SOLL FÜR MEINE ZEITUNG DARÜBER BERICHTEN. KOMMST DU MIT?

DAS RIECHT NACH AUFRUHR!
CRIEE LIBRE AUX POISSONS

UND SPÄTER
POISSONNERIE
"MARSEILLE OHNE FISCH! DAS IST WIE VENEDIG OHNE GONDELN, WIE..."

...EIN AIOLI OHNE KNOBLAUCH, EINE ANISETTE OHNE ANIS...
POISSONNERIE
DA SIND SIE!

?
!?

44

VROAP

HOTEL
CAFE
DAS WIRST DU GLEICH SEHEN!

WOHIN FAHREN WIR EIGENTLICH?

DU WARTEST HIER. WIR SIND GLEICH WIEDER DA.
AUBERGE DES CALANQUES
AUBERGE

IHRE GÄSTE, CHEF!

45

SIEH DIR DAS AN, KLEINER... SLURP! ICH ESSE SPAGETTI! DAS MIR, ENGEL GABRIEL BELLAPARTE! MAN SERVIERT MIR NICHTS ALS SPAGETTI!! WARUM DANN NICHT GLEICH POLENTA?!..

...DABEI GAB ES IN DIESEM LOKAL DIE KÖSTLICHSTE BOUILLABAISSE DER GANZEN GEGEND! ABER MARSEILLE IST NICHT MEHR DAS, WAS ES MAL WAR...

...UND DAS, SEIT DU UND DEIN FREUND DIESE VERFLUCHTE ANTIQUITÄT ANGESCHLEPPT HABT! NICHTS IST MEHR NORMAL! NICHT BLOSS, DASS ES KEINEN FISCH MEHR GIBT, ES WIRD AUCH UNGESTRAFT GEMORDET! DER MORD AN "KALBSKOPF" WIRD EINEN RACHEFELDZUG AUSLÖSEN UND AUSSERDEM WILL ICH WISSEN, WER DAS GETAN HAT! WIESO HAST DU DICH ÜBERHAUPT FÜR DEN LADEN INTERESSIERT?
HÖR ZU, ENGEL...

DER TOD VON "KALBSKOPF" HAT UNSERE NACHFORSCHUNGEN BLOCKIERT...
SCHON GUT, DU BIST EIN ANSTÄNDIGER KERL... ICH HABE DICH HOLEN LASSEN, UM DIR ETWAS ZU ZEIGEN...

ETWAS SEHR INTERESSANTES!
AUBERGE DES CALANQUES
VROAP

ES IST IN DEM BOOTS-SCHUP-PEN!

GOTT, DIESER WIDER-LICHE GESTANK!

OH! DER SARKO-PHAG!?
UND LEER!

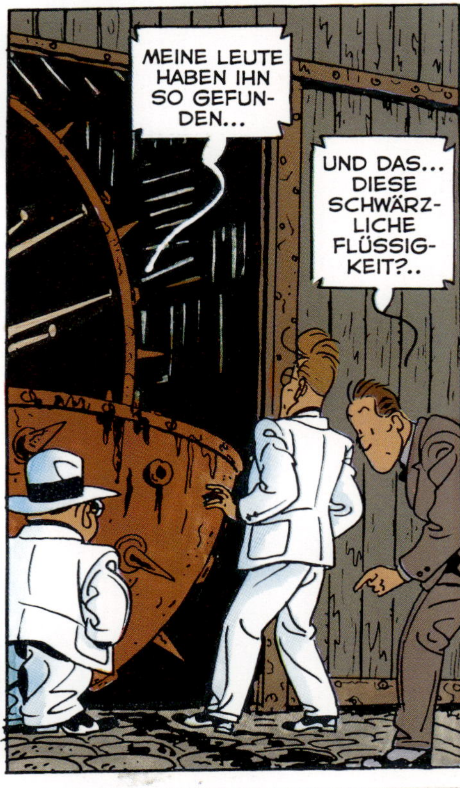
MEINE LEUTE HABEN IHN SO GEFUN-DEN...
UND DAS... DIESE SCHWÄRZ-LICHE FLÜSSIG-KEIT?..

SIE FÜHRT ZUM WASS-ER... ALS HÄTTE MAN DA ETWAS ENTLANG GE-SCHLEIFT...
...ODER ES LIEF SELBST!

IHR DA, STEHT NICHT HERUM! BEWEGT EUCH!!

CHEF! CHEF! DA... SEHEN SIE DOCH MAL!

JESUS!.. "HUNDESCHNAUZE"!
?!
ODER WAS VON IHM ÜBRIG IST...
47

DAS IST HIER, GLEICH NEBEN DER STELLE, WO IHR DEN LEEREN SARKOPHAG GEFUNDEN HABT. DA MÜNDET DER MEERESTUNNEL, DER DAS ROVE-MASSIV DURCHSCHNEIDET UND MARSEILLE MIT DEM ÉTANG VON BERRE VERBINDET. ZUERST IST DIE TUNNELDECKE ÜBER EINEM SCHLEPPKAHN EINGESTÜRZT UND BLOCKIERTE DEN WASSERWEG...

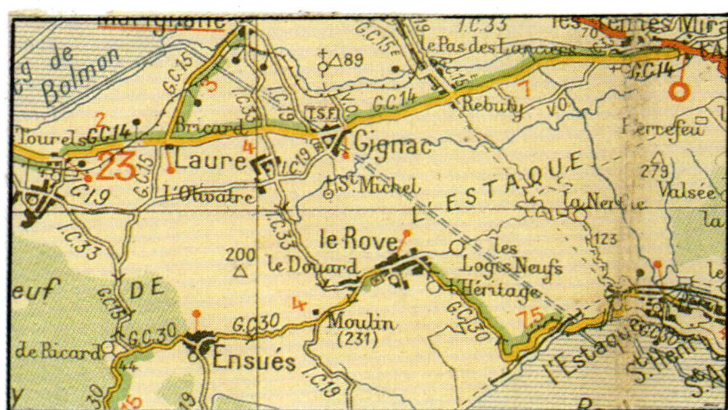

UND DANN VERSCHWANDEN EINIGE MENSCHEN AUF RÄTSELHAFTE WEISE... HIER, LESEN SIE!

Rove: Rätselhafte Vorkommnisse

Die Polizei von Estaque unternahm gestern zusammen mit mehreren freiwilligen Helfern eine groß angelegte Suche nach Marius Escagasse. Der allseits beliebte Mitbürger - erfolgreicher Boule-Spieler und Hundezüchter - war am letzten Sonntag bei einer Jagdpartie verschwunden.

Inzwischen werden bereits drei Personen in der Umgebung vermisst. Die Polizei befragte einige Landstreicher (Besenbinder, Scherenschleifer, möglicherweise auch Diebe), die sich dort notdürftige Unterkünfte errichtet haben. Wie erwartet zeigten sich diese asozialen Elemente, gezeichnet von Alkoholgenuss und Inzest, wenig bereit, unseren tapferen Gesetzeshütern behilflich zu sein. Sie berichteten jedoch, dass einige ihrer Kameraden in den letzten Wochen ebenfalls verschwunden sind.

Somit ist die Zahl der Vermissten auf fünf gestiegen. Momentan ergehen sich die Behörden noch in Vermutungen, doch wir raten unseren Lesern, sich vorerst nicht in das Gebiet zu begeben.

48

ICH HABE DIE STRASSE VON MARSEILLE DURCH DAS ROVE-GEBIET GENOMMEN.

...ICH TRAF EIN PAAR VAGABUNDEN, DIE IN DER WILDEN GEGEND LEBEN... ZUERST WAREN SIE ABLEHNEND, ABER ICH VERSPRACH IHNEN...

...EINE FLASCHE ROTEN, UND DA FÜHRTEN SIE MICH IN IHR LAGER.

...UNTERWEGS FRAGTE ICH SIE VERGEBLICH NACH DEN IN DER GEGEND VERMISSTEN. STATT EINER ANTWORT BRACHTEN SIE MICH ZU EINEM JUNGEN MANN, DER IM BETT LAG. ICH MERKTE ZUNÄCHST NICHT, WIE JUNG ER WAR...

DENN SEINE HAARE WAREN SCHLOHWEISS... ICH ERFUHR, DASS ER AM ABEND ZUVOR IM ROVE-TUNNEL GEWESEN WAR, UM DEN EINGE-SCHLOSSENEN KAHN AUSZUSCHLACHTEN. AM MORGEN FAND MAN IHN VERSTÖRT AUF DER HEIDE UMHER IRREND... UND SEIN ZUVOR RABENSCHWARZES HAAR WAR **WEISS!**

DEM MOSES DER "ROSENKREUTZ" WAR DAS HAAR AUCH WEISS GE-WORDEN... NACHDEM ER GESEHEN HATTE...
...WAS IN DER KUGEL WAR! OB DER JUNGE MANN DAS-SELBE GE-SEHEN HAT?!

OHNE ZWEIFEL!.. UND IN DIESEM AU-GENBLICK SCHWEIFT DAS WESEN IM ROVE-TUNNEL UMHER!

EINE STUNDE SPÄTER
DIES IST ALSO **SHUB-UR-KURS** HEUTIGE RUHE-STÄTTE!

WIR GEHEN FOLGENDERMASSEN VOR: SIE, ALICE, BEWACHEN DEN TUNNEL-EINGANG... WIR FAHREN ZUM ANDEREN ENDE, RICHTUNG MARSEILLE, UND SUCHEN DEN UNTERIRDISCHEN KANAL VON DORT AUS AB. WIR TREFFEN UNS HIER WIEDER... SOLLTE SICH ETWAS ODER JEMAND DARIN VERSTECKEN, FINDEN WIR ES ZWANGSLÄUFIG.
WERDEN SIE NICHT FRIEREN?
ICH GEHE NIE OHNE THERMOS-KANNE AUS!

SIEBEN KILOMETER FUSS-MARSCH!.. IM FELSEN!.. ICH WEISS NICHT...

ICH HABE DAS GEFÜHL, IN DIE HÖHLE DES LÖWEN ZU GEHEN!..
WENN ES DOCH BLOSS EIN LÖWE WÄRE...

50

GLEICHZEITIG

?

!?

?
OH!

DER FESTGEFAHRENE KAHN!
LEVIATHAN
LEVIATHAN

DA IST ENDLICH DER AUS-GANG!

ACH-TUNG, DA KOMMT JEMAND!

LOS, WIR VER-STE-CKEN UNS!

51

GROSSER GOTT, WAS FÜR EIN NARRENZUG!
?!

DIE VERSCHWUNDENEN FISCHHÄNDLER!!.. ALLE MITEINANDER!!

LEVIATHAN
LEVIATHAN

NEIN!
LEVIATHAN

ALICE!
52

EKAW-PU, SHUB-UR-KUR!
LEVIATHAN

YOG-UR
YOG-UR
YOG-UR
TU DOCH ETWAS!
ICH WEISS AUCH, WAS!..
SHELL

YOG-UR!
LEVIATHAN

SHUB-UR-KUR!!
ALLMÄCHTIGER! DIESE VERRÜCKTEN WOLLEN ALICE DER GRAUENHAFTEN KREATUR ZUM FRASS VORWERFEN!

YOG-UR YOG-UR YOG-UR YOG-UR
LEVIATHAN
LEVIATHAN

YOG-UR YOG-UR

KRAAAA!

GROTENDISCH?!!

POK

LEVIATHAN
SCHNELL IN DECK-UNG!..
BROOOM

TAGS DARAUF
TJA, OHNE IHR... EXPLOSIVES EINGREIFEN KÖNNTE ICH DIESES FRÜHSTÜCK AUF MEINER TERRASSE NICHT MEHR GENIESSEN...

...UND DOCH, WELCH EIN VERLUST FÜR DIE WISSENSCHAFT! EINER DER FRÜHESTEN ERDENBEWOHNER IST IN FLAMMEN AUFGEGANGEN!.. ER WAR ZWEIFELLOS EIN VORLÄUFER DER ERSTEN GLIEDERFÜSSLER UND FÜR DIE URKREBSE UND MOLUKKEN-KREBSE DAS, WAS DIE DINOSAURIER FÜR DIE REPTILIEN DARSTELLTEN: EIN ABARTIGER PROTOTYP, MONSTRÖS BIS HIN ZU SEINER LANGLEBIGKEIT... VERMUTLICH LAG ER IN EINER SCHLAFSTARRE UND ERNÄHRTE SICH VON ORGANISMEN, DIE DURCH DIE RITZEN DER KUGEL INS INNERE GELANGTEN... SCHLIESSLICH BEDEUTET SHUB-UR-KUR: "DER UNTER DEN MEEREN SCHLÄFT"...

NA, JETZT IST ER JA WIEDER LEGENDE, WIE ES SICH GEHÖRT!

ENDE

56